# 熊寶寶喝牛奶

新雅文化事業有限公司
www.sunya.com.hk

熊寶寶趣味階梯閱讀（5至6歲）

# 熊寶寶喝牛奶

作　　者：譚麗霞
繪　　圖：野人
責任編輯：黃花窗
美術設計：陳雅琳
出　　版：新雅文化事業有限公司
香港英皇道499號北角工業大廈18樓
電話：（852）2138 7998
傳真：（852）2597 4003
網址：http://www.sunya.com.hk
電郵：marketing@sunya.com.hk
發　　行：香港聯合書刊物流有限公司
香港新界大埔汀麗路36號中華商務印刷大廈3字樓
電話：（852）2150 2100
傳真：（852）2407 3062
電郵：info@suplogistics.com.hk
印　　刷：中華商務彩色印刷有限公司
香港新界大埔汀麗路36號
版　　次：二〇一七年七月初版



ISBN: 978-962-08-6836-8

18/F, North Point Industrial Building, 499 King’s Road, Hong Kong
Published and printed in Hong Kong

# 導讀

《熊寶寶趣味階梯閱讀》系列的設計是用簡短生動的故事，幫助孩子識字及擴充詞彙量，並從中學習簡單的語法及日常生活常識。這輯的故事是專為五至六歲的孩子而編寫的，這個階段的孩子已經可以獨立閱讀圖文並茂的圖書，但仍建議父母多跟孩子共讀與討論。除了從閱讀中學好語言之外，更可以由故事的內容對孩子作一些行為與品德方面的引導。

## 語言學習重點

父母與孩子共讀《熊寶寶喝牛奶》時，可以引導孩子多學多講，例如：

❶ **學習量詞與名詞的搭配**：例如：一杯牛奶、兩塊餅乾、三顆糖果等。

❷ **學習中文數目字**：一至十。

❸ **學習其他食物的詞語**：請孩子列舉其他食物的詞語，再教孩子這些字怎樣寫。

❹ **仿作故事**：請孩子仿照這個故事，改寫一下熊寶寶要求熊媽媽給他什麼東西才肯喝牛奶。

## 親子閱讀話題

如果你的孩子有挑食偏食的習慣，不妨在讀完這個故事之後，跟他討論一下這些問題：「為什麼我們每天都要吃一定分量的蔬菜水果？」「如果你吃太多糖果零食，會有什麼後果？」「你會聆聽一些對你有益的建議嗎？」然後可以跟孩子說說，每種食物為我們提供哪些營養，甚至可以設計一個遊戲：在卡片上寫下不同穀類、肉類和蔬菜的名稱，叫孩子將這些食物配搭成營養均衡的一日三餐。更可以提醒孩子，糧食是多麼珍貴，很多地方的人們都未能得到溫飽。說不定在討論之後，孩子會將挑食偏食的習慣都慢慢改掉呢。

**譚麗霞**

xióng mā ma shuō xióng bǎo bao
熊媽媽說：「熊寶寶，

kuài lái hē yì bēi niú nǎi
快來喝一杯牛奶。」

xióng bǎo bao shuō　wǒ bú
熊寶寶說：「我不
yào hē niú nǎi　wǒ yào chī liǎng kuài
要喝牛奶。我要吃兩塊
bǐng gān
餅乾！」

xióng mā ma shuō gěi
熊媽媽說：「給
nǐ liǎng kuài bǐng gān kuài bǎ niú
你兩塊餅乾，快把牛
nǎi hē wán ba
奶喝完吧！」

xióng bǎo bao hěn kuài chī wán le liǎng kuài bǐng gān
熊寶寶很快吃完了兩塊餅乾。

tā shuō wǒ bú yào hē niú nǎi wǒ yào chī sān kē
他說：「我不要喝牛奶。我要吃三顆

táng guǒ
糖果！」

xióng mā ma shuō gěi nǐ sān kē táng guǒ
熊媽媽說：「給你三顆糖果，

kuài bǎ niú nǎi hē wán ba
快把牛奶喝完吧！」

xióng bǎo bao hěn kuài chī wán le sān kē táng guǒ
熊寶寶很快吃完了三顆糖果。

tā shuō wǒ bú
他說：「我不
yào hē niú nǎi wǒ yào chī
要喝牛奶。我要吃
sì kuài dàn gāo wǔ gè píng
四塊蛋糕、五個蘋
guǒ liù gè táo zi qī
果、六個桃子、七
gēn xiāng jiāo bā kē pú
根香蕉、八顆葡
tao jiǔ kē huā shēng
萄、九顆花生！」

xióng mā ma shēng qì le tā shuō
熊媽媽生氣了，她說：
nǐ huì bu huì shuō yào shí gè wán jù
「你會不會說要十個玩具，
cái bǎ niú nǎi hē wán ba
才把牛奶喝完吧？」

gū lu gū lu xióng bǎo bao
咕嚕咕嚕，熊寶寶
hē wán le nà bēi niú nǎi
喝完了那杯牛奶。

xióng bǎo bao zhǎ zha yǎn jing
熊寶寶眨眨眼睛，
tā shuō mā ma wǒ kě yǐ
他說：「媽媽，我可以
yào shí gè wán jù ma
要十個玩具嗎？」

# Bobo Bear Drinks Milk

P.4 ---

P.5 “Bobo Bear,” says Mama Bear, “come and have a glass of milk.”

P.6 “I don’t want to drink milk,” Bobo Bear says. “I want two biscuits!”

P.7 “Here are two biscuits,” says Mama Bear. “Now quickly finish up the milk!”

P.8 Bobo Bear quickly eats up the two biscuits. “I don’t want to drink milk,” he says. “I want three sweets.”

P.9 “Here are three sweets,” says Mama Bear. “Now quickly finish up the milk!”

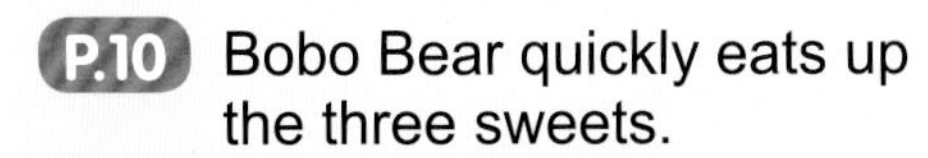

P.10 Bobo Bear quickly eats up the three sweets.

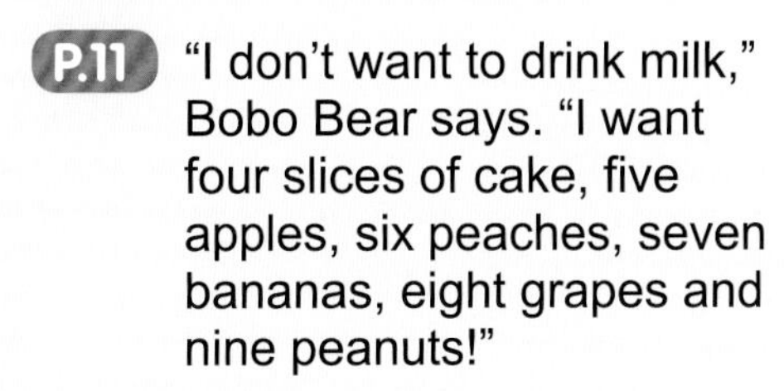

P.11 "I don't want to drink milk," Bobo Bear says. "I want four slices of cake, five apples, six peaches, seven bananas, eight grapes and nine peanuts!"

P.12 Mama Bear is not pleased at all. "Will it take you to ask for ten toys before you finish up the milk?"

P.13 Gulp. Gulp. Bobo Bear finishes up the glass of milk.

P.14 ---

P.15 Bobo Bear blinks and asks, "Mummy, now may I have ten toys?"

# 語文活動

## 親子共讀

1. 講述故事前，爸媽先把故事看一遍。
2. 講述故事時，引導孩子透過插圖、自己的相關生活經驗、故事中的重複句式等，來猜測生字的意思和讀音。
3. 爸媽可於親子共讀時，運用以下的問題，幫助孩子理解故事，加深他們對新字詞的認識；並透過故事當中的意義，給予他們心靈的養料。

**建議問題：**

封　面：從書名《熊寶寶喝牛奶》，猜一猜熊寶寶是否喜歡喝牛奶。

P. 4-5：熊寶寶在做什麼？猜一猜熊寶寶是否會喝牛奶。

P. 6-7：為什麼熊寶寶不喝牛奶？猜一猜熊寶寶吃完兩塊餅乾後會否喝牛奶。

P. 8-9：為什麼熊寶寶還是不喝牛奶？猜一猜熊寶寶吃完三顆糖果後會否喝牛奶。

P. 10-11：熊寶寶向熊媽媽要求什麼呢？猜一猜熊媽媽會否答應熊寶寶的要求。

P. 12-13：為什麼熊媽媽生氣了？為什麼熊寶寶最後一口氣喝完了那杯牛奶？

P. 14-15：猜一猜熊媽媽會否答應熊寶寶的要求。

其　他：熊寶寶喜歡的食物當中，哪些是有益的食物，哪些是沒有益的食物？
熊寶寶一次吃這麼多食物對身體好嗎？我們要怎樣吃食物才會身體健康呢？

4. 與孩子共讀數次後，請孩子以手指點讀的方式，一字一音把故事讀出來。如孩子不會讀某些字詞，爸媽可給予提示，協助孩子完整地把故事讀一次。
5. 待孩子有信心時，可請他自行把故事讀一次。
6. 如孩子已非常熟悉故事，可把故事的角色或情節換成孩子喜愛的，並把相關的字詞寫出來，讓他們從這種改篇故事中獲得更多的閱讀樂趣，以及認識更多新字詞。

## 識字活動

請撕下字卡，配合以下的識字活動，讓孩子掌握生字的字形、字音和字義。

指物認名：選取適當的字卡，將字卡配對故事中的圖畫或生活中的實物，讓孩子有效地把物件及其名稱連繫起來。

★ 字卡例子：桃子、玩具、蛋糕

動感識字：選取適當的字卡，為字卡設計配合的動作，與孩子從身體動作中，感知文字內涵的不同意義，例如：情感、動作。

★ 字卡例子：吃完、生氣、喝完

字源識字：選取適當的字卡，觀察文字中的圖像元素，推測生字的意思。

★ 字卡例子：花生、蘋果、香蕉、葡萄，用圓點標示的字同屬「艸」部；糖果的「糖」字，屬「米」部

★ 進階學習：可與孩子對比本輯圖書《最愛的季節》中介紹「竹」部的字。

象形：即是草，像草形。（象形）

字源：一叢叢的草，草莖連着地面，草的性質柔軟，隨風擺動，看來時直時彎，所以寫成一棵彎「屮」，一棵直「屮」。偏旁寫成「艹」。

字源識字：艸部

字形：像禾稻上面穀粒的形狀。（象形）

字源：穀粒長在禾梗上，經過打穀去殼，才弄出一顆顆白色的米粒。現在把禾梗寫成一橫，中間的米粒變成一豎「|」，上邊的變成一點一啄「丶丿」，底下就變成一撇「丿」和一捺「㇏」了。

字源識字：米部

## 句式練習

準備一些實物或道具，與孩子以模擬遊戲的方式，練習以下的句式。

**句式：** 角色一：我不要 ＿＿＿。我要 ＿＿＿。

角色二：[ 按情況回應角色一 ]

**例子：** 角色一：我不要做功課。我要玩玩具。

角色二：孩子要乖，做完功課才可以玩玩具。

## 識字遊戲

待孩子熟習本書的生字後，可使用字卡，配合以下適當的識字遊戲，讓孩子從遊戲中溫故知新。

圈圈看：預備一張格子紙，把孩子已認識的詞語寫在格子紙上（可橫排或直排寫上），並在當中混入一些單字，然後請孩子從格子紙上圈出認識的詞語，加強孩子對詞語的辨識。

小貼士 如加入比賽成分，可使遊戲更有趣。

盲人寫字：選取一些字卡，然後請孩子閉上眼睛，並牽引孩子的手指在其中一張字卡上模擬寫字，請孩子猜猜字卡上的文字是什麼，從遊戲中複習字形。

小貼士 遊戲初期可先縮小範圍，提供數張字卡給孩子看，然後才進行遊戲。也可直接在孩子的手掌模擬寫字。

來配對：選取量詞字卡（一杯、兩塊、三顆、四塊、五個、六個、七根、八顆、九顆、十個）和名詞字卡（花生、玩具、牛奶、餅乾、糖果、蛋糕、蘋果、桃子、香蕉、葡萄），爸媽出示其中一張量詞字卡，請孩子選出可配合的名詞字卡，例如：五個桃子、五個蘋果，讓孩子從遊戲中學習量詞和名詞的搭配。

小貼士 可預備白卡，寫上額外的量詞和名詞供遊戲之用。

喝




熊寶寶趣味階梯閱讀（5至6歲）

吃完

© 新雅文化
熊寶寶喝牛奶

熊寶寶趣味階梯閱讀（5至6歲）

喝完

© 新雅文化
熊寶寶喝牛奶

熊寶寶趣味階梯閱讀（5至6歲）

生氣

© 新雅文化
熊寶寶喝牛奶

熊寶寶趣味階梯閱讀（5至6歲）

一杯

© 新雅文化
熊寶寶喝牛奶

熊寶寶趣味階梯閱讀（5至6歲）

兩塊

© 新雅文化
熊寶寶喝牛奶

熊寶寶趣味階梯閱讀（5至6歲）

三顆

© 新雅文化
熊寶寶喝牛奶

熊寶寶趣味階梯閱讀（5至6歲）

四塊

© 新雅文化
熊寶寶喝牛奶

熊寶寶趣味階梯閱讀（5至6歲）

五個

© 新雅文化
熊寶寶喝牛奶

熊寶寶趣味階梯閱讀（5至6歲）

六個

© 新雅文化
熊寶寶喝牛奶

熊寶寶趣味階梯閱讀（5至6歲）

七根

© 新雅文化
熊寶寶喝牛奶

熊寶寶趣味階梯閱讀（5至6歲）

八顆

© 新雅文化
熊寶寶喝牛奶

熊寶寶趣味階梯閱讀（5至6歲）

# 九顆



熊寶寶喝牛奶

熊寶寶趣味階梯閱讀（5至6歲）

# 十個



熊寶寶喝牛奶

熊寶寶趣味階梯閱讀（5至6歲）

# 花生



熊寶寶喝牛奶

熊寶寶趣味階梯閱讀（5至6歲）

# 玩具



熊寶寶喝牛奶

熊寶寶趣味階梯閱讀（5至6歲）

# 牛奶



熊寶寶喝牛奶

熊寶寶趣味階梯閱讀（5至6歲）

# 餅乾



熊寶寶喝牛奶

熊寶寶趣味階梯閱讀（5至6歲）

# 糖果



熊寶寶喝牛奶

熊寶寶趣味階梯閱讀（5至6歲）

# 蛋糕



熊寶寶喝牛奶

熊寶寶趣味階梯閱讀（5至6歲）

# 蘋果



熊寶寶喝牛奶

熊寶寶趣味階梯閱讀（5至6歲）

# 桃子



熊寶寶喝牛奶

熊寶寶趣味階梯閱讀（5至6歲）

# 香蕉



熊寶寶喝牛奶

熊寶寶趣味階梯閱讀（5至6歲）

# 葡萄



熊寶寶喝牛奶